Y0-BQN-317

4-18

PEDRO

PEDRO
EL PIRATA

por Fran Manushkin

ilustrado por
Tammie Lyon

PICTURE WINDOW BOOKS
a capstone imprint

Publica la serie Pedro Picture Window Books,
una imprenta de Capstone,
1710 Roe Crest Drive
North Mankato, Minnesota 56003
www.mycapstone.com

Texto © 2018 Fran Manushkin
Ilustraciones © 2018 Picture Window Books

Los datos de CIP (Catalogación previa a la publicación, CIP) de la Biblioteca del
Congreso se encuentran disponibles en el sitio web de la Biblioteca.

ISBN 978-1-5158-2514-2 (encuadernación para biblioteca)
ISBN 978-1-5158-2522-7 (de bolsillo)
ISBN 978-1-5158-2530-2 (libro electrónico)

Resumen: Es el Día del Pirata en la escuela y todos los niños se disfrazan de piratas.
Pedro y sus amigas, Katie y Juli continúan el juego enla casita de su club después de
clases... pero todos quieren ser el capitán.

Diseñadora: Tracy McCabe

Elementos de diseño: Shutterstock

Impresión y encuadernación en los Estados Unidos de América.
010837S18

Contenido

Capítulo 1
Día del Pirata

—¡Buenos días, marinero! ¡A levantarse! —dijo el papá de Pedro—. Hoy es el Día del Pirata en la escuela.

Pedro se levantó de prisa.

Tomó su desayuno pirata y
se puso su sombrero.

—Adiós —se despidió al
salir—. Los veré más tarde,
marineros de agua dulce.

—Llévame
contigo —pidió
Paco.

—Eres muy
pequeño —respondió su
hermano.

Peppy, el perrito, también
quiso ir.

—¡De
ninguna
manera! —dijo
Pedro—. Los perros no pueden
ser piratas.

En la escuela, la maestra

Winkle dijo:

—¡Hola, tripulación! ¿Están

listos para ser piratas?

—¡Arrr! —rugieron Pedro,

Katie y Juli.

—¿Pueden poner en orden estas palabras? —preguntó la maestra.

—"Andreba" es "bandera" —respondió Pedro—. Y "paseda" es "espada".

—Muy bien —dijo la maestra Winkle.

palabras
desordenadas

En la clase de arte, Pedro

dibujó una bandera pirata.

—En inglés se llama *Jolly*

Roger—explicó Katie—. Le

pusieron ese nombre por un

hombre feliz llamado Roger.

Juli contó a sus compañeros una historia sobre una mujer pirata.

—Su nombre era Mary Read —dijo Juli—. ¡Era feroz!

Al salir de la escuela,
Pedro invitó a sus amigas:

—Vayamos a mi casa y
seamos piratas.

—¡Arrr! —gritó Katie—.
Y yo seré la capitana. Soy
feroz... igual que Mary Read.

—¡De ninguna manera!
—dijo Pedro—. Yo debo ser el
capitán.

Capítulo 2

Piratas en la casita de Pedro

La casita del árbol de Pedro era su nave. Con orgullo, él colgó su bandera negra.

—¡Yo también quiero ser pirata! —dijo Paco. Se puso un parche en un ojo y comenzó a correr por todos lados.

—¡Cuidado! —dijo Juli—. Estás caminando por el tablón.

Juli atrapó al pequeño antes
de que cayera por la borda.

—Pienso rápido —dijo
Juli orgullosa—. Por eso yo
debería ser la capitana.

—¡No! Yo debería ser la capitana —dijo Katie—. Tengo mejor vista. Alcanzó a ver un cuervo sentado en nuestro puesto de vigía.

—Pero yo soy fuerte —dijo
Pedro—. ¡Y valiente! ¿Ven mi
espada? ¡Puedo ganar todas las
batallas!

Capítulo 3

¿Quién será capitán?

De repente, comenzó a llover.

—No se preocupen
—aseguró Pedro—. Mi barco es
resistente. No nos mojaremos
en las tormentas.

Abajo del barco, Peppy
rodaba en el lodo.

¡Uy! A Pedro se le cayó la
espada... en el charco.

Peppy la levantó para

llevársela. Era bueno para

atrapar cosas.

—¡No! —gritó Pedro—. No

es un palo. No debes traerla

hasta aquí.

¿Hizo caso Peppy? No.

Subió por la escalera y se

sacudió el lodo, que salpicó a

todos los piratas.

—¡Rayos y truenos! —gritó

Pedro—. ¡Qué divertido es

mojarse!

—¡Seguro! —gritó Katie

entre risas.

—Sí —dijo Juli—. Somos

piratas alegres.

—Todos seríamos capitanes alegres —dijo Pedro—. Tal vez podamos turnarnos.

—Yo pensé lo mismo —agregó Katie.

—¡Y yo también! —dijo Juli.

Pronto llegó la hora de
comer perritos calientes y jugo
de piratas.

Todos los piratas estuvieron
de acuerdo: ¡era muy sabroso!

Sobre la autora

Fran Manushkin es la autora
de muchos libros de cuentos
ilustrados populares, como
Happy in Our Skin; *Baby,
Come Out!*; *Latkes and
Applesauce: A Hanukkah
Story*; *The Tushy Book*;
The Belly Book; y *Big Girl
Panties*. Fran escribe en su
amada computadora Mac en la ciudad de Nueva
York, con la ayuda de sus dos gatos traviesos
gatos, Chaim y Goldy.

Sobre la ilustradora

El amor de Tammie Lyon por el dibujo comenzó cuando ella era muy pequeña y se sentaba a la mesa de la cocina con su papá. Continuó cultivando su amor por el arte y con el tiempo asistió a la Escuela Columbus de Arte y Diseño, donde obtuvo un título en Bellas Artes. Después de una breve carrera como bailarina profesional de ballet, decidió dedicarse por completo a la ilustración. Hoy vive con su esposo, Lee, en Cincinnati, Ohio. Sus perros, Gus y Dudley, le hacen compañía mientras trabaja en su estudio.

Conversemos

1. Pedro y sus amigos celebran el Día del Pirata en la escuela. ¿Qué actividades hicieron? Si pudieras celebrar algo en la escuela, ¿qué sería? ¿Qué tipo de actividades harías?

2. Pedro habla como pirata varias veces en el cuento. ¿Cuáles son algunas de las palabras que usa? Intenta hablar como pirata.

3. Pedro cree que un buen capitán es fuerte y valiente. ¿Qué más debe tener un buen capitán?

Redactemos

1. Pedro se preparó para el Día del Pirata en la escuela. Escribe cómo te prepararías para esa fecha. ¿Qué te pondrías?

2. Pedro y sus amigas deciden turnarse para ser capitán. Escribe sobre algún momento en el en que tú y tus amigos se hayan turnado para algo.

3. Pedro y sus amigas son piratas alegres y deciden ser capitanes alegres. Busca la palabra *alegre* en un diccionario y anota su definición. Luego escribe otras palabras que signifiquen lo mismo.

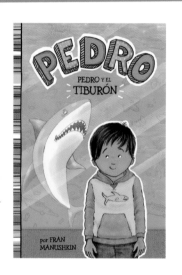

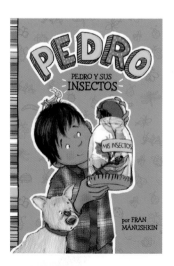

CON PEDRO!

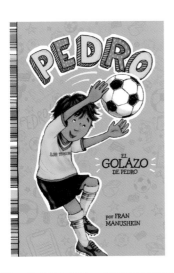

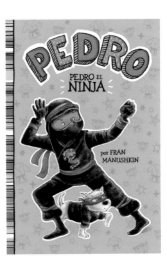

AQUÍ NO TERMINA LA DIVERSIÓN...

Descubre más en www.capstonekids.com

- ✂ Videos y concursos
- ✂ Juegos y acertijos
- ✂ Amigos y favoritos
- ✂ Autores e ilustradores

Encuentra sitios web geniales y más libros como este en www.facthound.com. Solo tienes que ingresar el número de identificación del libro, 9781515825142, y ya estás en camino.